中国卒中学会
CHINESE STROKE ASSOCIATION

『红手环』感动中国

（第二辑）

王拥军　主编

科学技术文献出版社
SCIENTIFIC AND TECHNICAL DOCUMENTATION PRESS
·北京·

图书在版编目（CIP）数据

“红手环”感动中国. 第二辑 / 王拥军主编. —北京：科学技术文献出版社，2018. 6

ISBN 978-7-5189-4555-9

Ⅰ. ①红… Ⅱ. ①王… Ⅲ. ①诗集—中国—当代 Ⅳ. ① I227

中国版本图书馆 CIP 数据核字（2018）第 126886 号

“红手环”感动中国（第二辑）

策划编辑：帅莎莎　　责任编辑：巨娟梅　李　丹　　责任校对：张吲哚　　责任出版：张志平

出 版 者　科学技术文献出版社
地　　址　北京市复兴路15号　邮编 100038
编 务 部　（010）58882938，58882087（传真）
发 行 部　（010）58882868，58882874（传真）
邮 购 部　（010）58882873
官方网址　www.stdp.com.cn
发 行 者　科学技术文献出版社发行　全国各地新华书店经销
印 刷 者　北京地大彩印有限公司
版　　次　2018 年 6 月第 1 版　2018 年 6 月第 1 次印刷
开　　本　710 × 1000　1/16
字　　数　101千
印　　张　8.5
书　　号　ISBN 978-7-5189-4555-9
定　　价　98.00元

红手环志愿者誓词

我志愿加入中国卒中学会红手环志愿者服务团，
成为一名光荣的红手环志愿者，践行红手环精神：
“坚定执着、无私奉献、守护健康、服务社会”。
用我们的真诚与智慧，
传播心脑血管疾病防治知识，
把健康和幸福送给大众，
铸就健康丰碑！

《“红手环”感动中国（第二辑）》

编委会成员

主编简介

王拥军，国家神经系统疾病临床医学研究中心副主任，首都医科大学附属北京天坛医院常务副院长，首都医科大学附属北京天坛医院神经病学中心主任医师、教授、博士研究生导师，享受国务院政府特殊津贴。现任国家卫生健康委员会神经内科医疗质量控制中心主任，北京脑重大疾病研究院脑卒中研究所所长，北京脑血管病临床研究中心主任，北京转化医学脑血管病转化医学重点实验室副主任。

社会兼职：中华医学会神经病学分会候任主任委员，中国卒中学会副会长，中国医师协会神经内科医师分会副会长，中国健康促进与教育协会医院分会副主任委员，北京神经科学学会副理事长，白求恩医学专家委员会神经病学专业委员会主任委员。担任《中国卒中杂志》主编，*Stroke and Vascular Neurology* 杂志主编，*CNS Neurosciences & Therapeutics* 杂志副主编，《中华内科杂志》副主编。

奖项和荣誉：获得 2013 年中华预防医学会科学技术奖一等奖、2014 年北京市科学技术奖一等奖、2014 年教育部科技进步一等奖、2015 年国家科学技术进步奖二等奖、2016 年“高危非致残性脑血管病及其防控关键技术与应用”国家科学技术进步二等奖等奖项，2013 年所带领的团队被科学技术部授予首批重点领域“创新团队”。获得首都十大健康卫士、全国卫生系统先进个人、（原）卫生部有突出贡献中青年专家、“国之名医 · 卓越建树”等荣誉称号。获得全国“五一”劳动奖章，2017 年获得首届全国创新争先奖奖章等。

副主编简介

王少石，主任医师（二级），教授，硕士研究生导师，终身享受国务院政府特殊津贴。现任上海市第四人民医院神经内科主任，虹口区脑血管病诊疗中心主任。上海跨世纪学科带头人，上海市劳动模范。

社会兼职：中国卒中学会理事、中国卒中学会脑血管病高危人群管理分会副主任委员、中国卒中学会“红手环志愿者”服务团秘书长、中国医师协会神经内科医师分会神经心理及情感障碍专委会委员、上海市医学会神经病学分会顾问、上海市医学会脑卒中分会副主任委员、上海市康复学会神经康复专业委员会副主任委员、（原）国家卫生和计划生育委员会全国医师定期考核神经内科专业编委会委员、上海市神经病学质量控制专家委员会委员、上海市医学会医疗事故鉴定专家。

担任《中国卒中杂志》《国际脑血管病杂志》《中华脑血管病杂志》和 *Stroke* 杂志（中文版）等编委。参加撰写 11 篇中国的专家共识，获得省级、地级科技进步奖 9 项，国内外发表论文 119 篇，获 2 项国家专利。

中国卒中学会
红手环志愿者服务团管理办法

总　则

第一条　为规范中国卒中学会红手环志愿者服务团的组织建设和社会活动，根据《中国卒中学会章程》制定本办法。

第二条　中国卒中学会红手环志愿者服务团（以下简称服务团），英文译名为：Red Bracelet Volunteers Service Corps，是为了充分发挥广大从事和热心推动中国卒中防治事业发展的人士、社会团体的公益作用，由中国卒中学会设置的内部组织，接受中国卒中学会（以下简称学会）领导，在其部署下开展社会公益活动。

第三条　红手环志愿服务是不以营利为目的，由社会组织和红手环志愿者参与，完全自愿为社会和他人提供卒中及相关知识和技能教育、健康服务的行为。服务团应根据自身特点，在学会的领导下，组织开展各类社会公益活动，如科普宣传、免费体检、义诊等。

第四条　红手环志愿者誓词：我志愿加入中国卒中学会红手环志愿者服务团，成为一名光荣的红手环志愿者，践行红手环精神："坚定执着、无私奉献、守护健康、服务社会"，用我们的真诚与智慧，传播心脑血管疾病防治知识，把健康和幸福送给大众，铸就健康丰碑！

第五条　在服务团登记注册，不以获得报酬为目的，以自己的时间、知识、技能和资源，自愿为社会和他人提供红手环志愿服务或者协助红手环志愿服务的中国公民、海外人士，统称为红手环志愿者。

第六条 组织单位内部成员加入服务团的社会团体、企事业单位，统称为红手环志愿者单位。

第七条 服务团须遵守学会的相关规定，不另定服务团章程。对外开展活动时，须经学会批准方可进行。

组织管理

第八条 服务团设秘书长 1 名。秘书长由学会常务理事会推荐提名、选举产生。

第九条 秘书长的职责是：

1. 建设学会内部工作机构及省、市、县级协调管理团队。
2. 制定服务团年度工作计划并组织实施。
3. 以活动为抓手，做好媒体宣传工作，推广红手环及学会品牌形象。
4. 建设和维护服务团网站、微信公众号等多媒体宣传平台。
5. 加强与国内外同类公益组织的交流与合作。
6. 完成学会布置的其他工作。

第十条 学会设服务团办公室，下设办事员若干名，在服务团秘书长的领导下，负责组织管理、项目管理等具体事务性工作。

第十一条学 学会办公室给予行政管理工作方面的协助，学会会务部给予会务组织、承办等工作方面的协助，学会财务部给予财务管理工作方面的协助。

第十二条 服务团的年度活动计划，须经学会常务理事会审议通过，列入学会年度计划后方可实施。在活动结束后10个工作日内，完成活动总结报告，上报学会秘书长。

红手环志愿者

第十三条 成为红手环志愿者须同时具备如下条件：

1. 年满18周岁。

2. 有奉献精神，愿意参加红手环志愿服务活动。

3. 愿意接受学会及所在红手环志愿者单位的管理和协调。

第十四条 注册申请：

申请者填写《中国卒中学会红手环志愿者申请表》，加盖所在单位公章，提交给中国卒中学会红手环志愿者服务团办公室，由办公室审批、编号并备案。

第十五条 红手环志愿者享有以下基本权利：

1. 参加服务团组织的活动。

2. 参加服务团提供的培训。

3. 要求获得从事志愿服务的必需条件和必要保障。

4. 优先获得服务团和志愿活动为公众提供的服务。

5. 对服务团和志愿活动提出建议和意见。

6. 参与优秀红手环志愿者评选、表彰。

第十六条 红手环志愿者必须履行以下义务：

1. 履行志愿服务承诺。

2. 自觉维护学会、服务团和红手环志愿者的形象。

3. 1年内参加红手环志愿活动不少于2次，每次不少于4小时。

4. 不得以志愿者身份从事任何以赢利为目的的活动。

红手环志愿单位

第十七条 成为红手环志愿单位须同时具备如下条件：

1. 积极组织单位内成员加入服务团。

2. 具备奉献精神，参加或组织红手环志愿服务活动。

3. 愿意接受学会的管理和协调。

第十八条 红手环志愿单位享有以下基本权利：

1. 参与服务团组织的活动和提供的培训。

2. 向服务团申请组织、承办社会公益活动。

3. 对服务团和志愿活动提出建议和意见。

4. 参与优秀红手环志愿单位评选、表彰。

第十九条 红手环志愿单位必须履行以下义务：

1. 自觉维护学会、服务团和红手环志愿单位的形象。

2. 1 年内组织红手环志愿活动不少于 4 次，每次不少于 4 小时。

3. 为参加志愿服务的志愿者提供必须的知识、技能培训，确保志愿者胜任所安排的志愿工作。

4. 为参加志愿服务的志愿者提供必需条件和必要保障。

5. 不得以红手环志愿单位身份从事任何以赢利为目的的活动。

财务管理

第二十条 所有红手环志愿单位不允许向志愿者收取会费，从社会上接受活动赞助的，须按照专款专用的原则由学会统一管理，于开展活动后凭有效财务凭证结算费用。

活动的申请与总结

第二十一条 所有以“红手环志愿者”“红手环志愿单位”或“红手环志愿者服务团”名义开展的志愿服务活动，均须事前由活动负责人向服务团办公室提出正式书面申请，得到秘书长批准后方可实施。

第二十二条 申请材料应包括如下内容：活动主题、时间、地点、参与人员、志愿服务内容、活动中使用的宣传物料和资料图片等。有合作单位参加的、邀请媒体单位报道的活动，还须同时提交与以上事项有关的全部详细材料。

第二十三条 志愿服务活动结束后，活动组织者须在 10 个工作日内向服务团办公室提交有关活动情况的详细总结报告。

奖励与惩罚

第二十四条 志愿者奖惩标准：

对志愿者的表彰、奖励和惩罚主要依据该志愿者年度参加志愿活动的总结、事迹材料等。对志愿单位进行的表彰、奖励和惩罚主要依据该单位年度参加和组织志愿活动的记录总结、事迹材料，以及发展和管理本单位志愿者的组织管理工作等汇报材料。

第二十五条 志愿者奖励办法：

志愿者为志愿服务工作作出突出贡献者，由学会授予“优秀红手环志愿者”荣誉称号，并在此基础上表彰“十佳红手环志愿者”获得者。

第二十六条 志愿者处分办法：

志愿者长期不参加所在志愿者单位组织的活动，行为违反志愿服务宗旨，违反本管理办法其他各项规定和国家法律、单位纪律的，经所在志愿者单位提请，服务团办公室可以撤销其注册。

第二十七条 志愿单位奖励办法：

积极主动参与和申报红手环志愿活动，自觉服从协调、管理，遵守各项规章制度，组织有力，参与志愿者众多，活动形式和内容富有特色，社会反响好的，由中国卒中学会授予“优秀红手环志愿单位”荣誉称号。

第二十八条 志愿单位处分办法：

志愿单位不服从统一管理的，长期不开展活动的，行为违背志愿服务宗旨的，以及违反本管理办法其他各项规定和国家法律的，由学会常务理事会在充分听证的基础上对其予以处罚，处罚方式从限期整改直至要求撤销“红手环志愿单位”称号，并及时予以公示。

附　则

第二十九条 本办法自中国卒中学会常务理事会审议通过之日起实施。

第三十条 本办法的修改、变更、解释权属于中国卒中学会。

省、直辖市、自治区红手环志愿者服务团管理办法

第一条 为促进红手环志愿者服务团工作在全国范围深入、广泛开展，规范各省、直辖市、自治区红手环志愿者服务团（以下简称为省级红手环）工作，中国卒中学会根据《中国卒中学会红手环志愿者服务团管理办法》制定本办法。

第二条 中国卒中学会红手环志愿者服务团办公室（以下简称学会红手环办公室）负责全国红手环志愿者、志愿单位的注册工作，负责全国性红手环志愿活动的发起、宣传和总结，负责指导省级红手环工作的开展。

第三条 中国卒中学会在各省、直辖市、自治区设立省级红手环办公室，并聘任办公室主任 1 名、秘书若干名。

第四条 省级红手环办公室的主要职责：

1. 负责推动志愿者和志愿单位的组织发展工作。

2. 负责地市级红手环办公室的组建和负责人聘任工作。

3. 负责收集、整理本地区各志愿单位红手环活动报道，多渠道开展宣传工作，择优推荐至学会红手环办公室。

4. 响应全国性红手环活动号召，在本地区内做好指导、激励、巡查、宣传等工作，并做好年度活动统计和总结。

5. 创作卒中防治科普作品。

6. 负责对志愿单位开展评估工作，表彰和推荐“优秀志愿单位和志愿者”。

7. 定期召开本地区红手环工作会议。

8. 对本地区志愿单位开展视察、指导工作。

9. 完成学会红手环办公室交办的其他工作。

第五条 中国卒中学会对省级红手环工作实行年度评估，对工作优秀的省级红手环办公室进行表彰，对工作不积极的省级红手环办公室提出整改意见。

第六条 本办法自中国卒中学会常务理事会审议通过之日起正式实施。

中国卒中学会
CHINESE STROKE ASSOCIATION

红手环志愿者服务团
Red Bracelet Volunteers Service Corps

申请加入流程

01 登陆中国卒中学会官网
www.chinastroke.net

02 **点击：**红手环志愿者服务团

03 **点击：**加入我们

04

下载打印表单

团体：红手环志愿者团体报名表(需单位盖章)。将汇总好的电子EXCEL表格和盖章扫描件一起发送邮件至红手环邮箱(图1、图2)

csa.red@chinastroke.net

05

申请后1～2周，学会会把电子版志愿者证书发送到红手环联系人的邮箱（每个人都有电子版证书）（图3）

06

制作好的团体单位志愿者电子证书会上传到中国卒中学会官网 www.chinastroke.net，**首页 → 业务中心 → 红手环志愿者证书下载专区（请自行下载）**（图4）

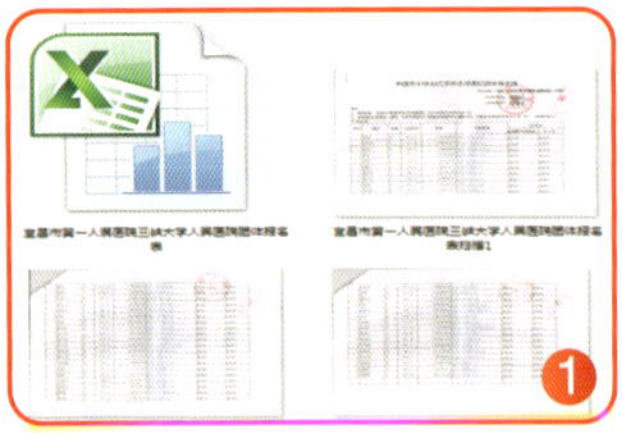

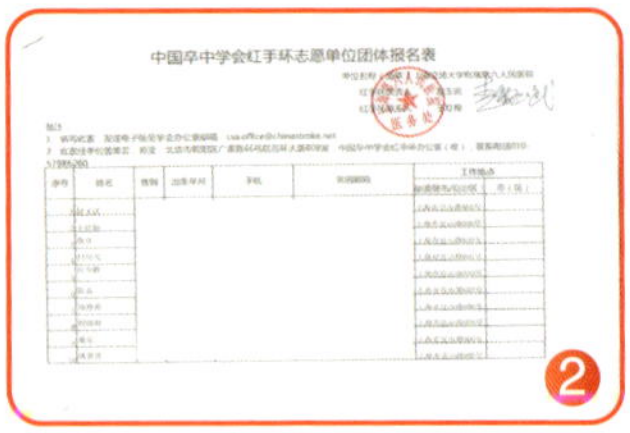

活动申请流程

组织活动必须要申请!

01 登陆中国卒中学会官网
www.chinastroke.net

02 **点击：** 红手环志愿者服务团

03 **点击：** 加入我们

04 **下载**红手环志愿活动申请表

05 **打印表单，填写，盖单位公章**
将填写好的WORD表格和盖章扫描件发送邮件至红手环邮箱：csa.red@chinastroke.net

06

申请表审核通过后，学会盖章，以扫描件的形式发送到红手环联系人的邮箱（图5）

07

旗帜、横幅、展架、宣传单等物品可当地自行制作，学会可提供LOGO等文件下载，红手环LOGO下载方式：（图6）

学会官方QQ群：CSA办公咨询 544491063

08

活动后要提交图文报道，目的为了记录各家单位的工作成绩，作为评比表彰参考及备案（图7）。

发送邮件至各省级红手环办公室

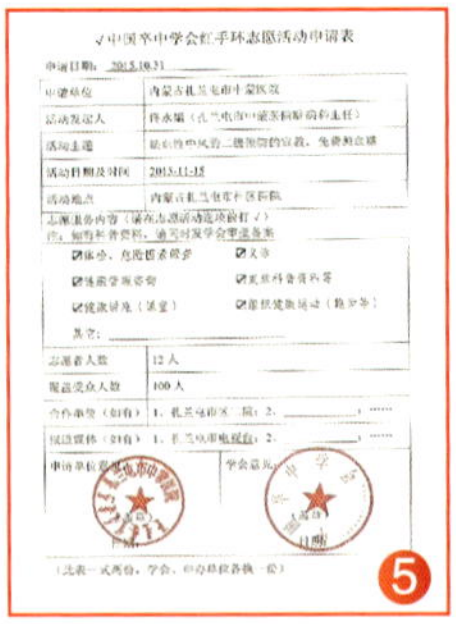

中国卒中学会红手环志愿活动申请表

申请日期：2015.10.31

活动日期及时间	2015-11-15
志愿者人数	12人
服务受众人数	100人

5

6

预防脑卒中，红手环在行动

7

目录
Contents

红　韵

节 律

四 海

同 归

红手环 志愿者服务团
Red Bracelet Volunteers Service Corps >>>>

红韵

红手环

感动中国（第二辑）

红手环赞歌

那是2015年的夏日
一个备受关注的日子
红手环服务团成立了

红手环为预防卒中来了
红手环为守护健康来了
红手环为关爱大众来了

红手环像一颗赤子心，跳动着人间有爱的旋律
红手环像一座立交桥，连接着卒中领域的精英
红手环像一个枢纽站，开启着卒中预防的渠道

小卒中，大麻烦
红手环在行动
永远在你左右，保护你

认识卒中，重视卒中
红手环在行动
永远在你身边，陪伴你

关注卒中，预防卒中
红手环走进了世界卒中日
用真诚与智慧
传播着心脑血管疾病的预防知识

正视卒中，可防可治
红手环走进了基层
把健康和幸福送给大众
铸就健康丰碑

红手环
坚定执着，无私奉献
让生命再续精彩

红手环
守护健康，服务社会
让世间充满真爱

红手环
拥有着永恒生命，守护健康
任重而道远

红手环
拥有着万众力量，预防卒中
永远在传递爱心

红手环
为了中国梦
永远走在卒中征途上

甘肃省金昌市永昌县人民医院　谭　昕

临江仙 · 春风再暖

同携红绸画栀环
点滴事，筑康安
心如烛火照千阑
古稀犹可碌
耄耋料香兰

众志似虹化晕
协力一木盛峦
经年果硕寄明延
行勤恳，不畏难
春风化，暖人间

哈尔滨医科大学附属第一医院　李旭光

心中的太阳，在苍穹被点燃

我想摘下苍穹之巅的太阳
融入满心激昂
我想同你讲些大河上下的梦想
满载一腔希望

当右臂上的红手环熠熠闪耀
是我们托起生命的巨锚

我们深知
卒中对众生威胁的严重性
我们谨记
自己的义务便是为众生服务
献出生命时光匆匆

当风声滑过耳畔
是我们的轻语
当防控提上日程
是我们在宣誓
纵然前方有千难万险
漫漫长途
但是——
我们心中有太阳在燃烧
我们的世界有精神在传颂
“坚定执着、无私奉献”
“守护健康、服务社会”
不再畏惧前方遥远
不再担忧未来莫测
当您在基层与我们重逢
我们将会为您讲述防控卒中的技巧
化作清风
不为索取，不为坦途
不为赞扬，不为倾诉
为的只是基层民众的生命与未来

红手环在心间

化作太阳

点燃在苍穹

浙江省杭州市第一人民医院　张　灏

行路者说

有这样一行人

他们行走在与病魔抗争的道路上

用自己的勇敢无畏

抚慰着迟钝麻木的躯体

有这样一行人

他们穿梭于高筑的医患心墙之间

用自己的医学知识

滋润着干涸沉重的心田

佩戴着红色手环

不知疲倦的行路者

走在卒中防治的道路上

他们披着医学知识的盔甲

披荆斩棘

红色手环

不知疲倦的行路者

乘在健康的列车上
他们手持着象征智慧的蛇形神杖
一往无前

春雨，阻挡不了他们的脚步
炎夏，抵挡不了他们的执着
冷秋，打击不了他们的信念
寒冬，撼动不了他们的决心

红色的手环
不知疲倦的行路者
他们没有停下步伐
随着岁月峥嵘
如同翠柏苍松
不卑不亢
四季常青

桃李春风花万朵
沛雨甘霖洒人间

首都医科大学附属宣武医院　马文慧

爱的接力

红手环，承载着共同的名字
红手环，承载着共同的使命

红手环，传递着志愿者的善意
红手环，传递着老百姓的期望

看，红手环志愿者们，穿梭在公益科普讲座中，面对听众渴望健康的目光，
他们认真而细腻地讲解和指导，传递着爱的力量
看，红手环志愿者们，穿梭在公益慰问活动中，为了广大人民群众的健康，
他们真挚而热情地行动，诠释着爱的历程
看，红手环志愿者们，穿梭在公益义诊咨询中，详细解答患者的每个问题，
他们义不容辞，从不畏惧

让爱的接力棒，永远传递
让爱的圣火，永不熄灭
我们以诚心和爱心将卒中防治知识传播到每个人的心田
愿红手环足迹遍布五湖四海，愿红手环理念播撒人间

北京市昌平区回龙观社区卫生服务中心　徐凤芝

责任的根

那一年
炙热的红手环悄然出世
它带着希望和关爱
默默地生出了许多根

这一年
红手环遍布祖国的大江南北

它带着千万患者的陪伴和鼓励
点燃了健康生活的希望之光

一支红手环的力量很微弱
成千上万支红手环的力量汇成江河
他们环环相扣
誓要与病痛斗争到底

他们坚守使命
扛起守护健康的责任
用真情唤起患者对健康的重视

他们不畏艰苦
防患于未然
为千万家庭送去温暖和关怀

他们不辞辛苦
践行公益
只为守护住那一份份健康和笑容

他们是白衣战士
是公益的先驱者
是全社会的福音
是人们幸福的引路人

今天
我也戴起了这红色的手环

和那些耀眼的红连在一起
共同撑起全社会卒中防治的明天

北京市昌平区回龙观社区卫生服务中心　赵　英

春天的使者

在生存与死亡之间
有一抹红
带来力量与希望

干净的素妆，活力飞扬
救患者之水火
筑健康之希望
体生命之脆弱
感责任之重大

那流涎不止的面庞
那筋骨松弛的臂膀
坚定意志渐被消磨
美好梦想数被摧亡
全然生命之体魄埋覆灰暗
鲜红旗帜点燃最后的期望
刺穿脆弱，播种坚强
救死扶伤，分秒存亡
汇集力量，共筑希望

红手环——
一个充满热情而又响亮的名字
坚定执着，无私奉献
守护健康，服务社会
将真挚的爱意洒满人间
温暖世间“卒中”患者的心房
缠绕在“卒中”康复的红手环
随时在你身旁

踏着荆棘，不惧疼痛
有泪可挥，不觉悲凉
时刻以“卒中”患者的安危为重
红手环志愿者
永远在路上

江苏省常州市第一人民医院　朱振玉

致红手环志愿者

在祥和的小区里留下你苦口婆心的声音——
脑卒中要重视

在喧嚣的文化广场走来倡导关爱的靓影——
脑卒中要预防

在艰苦的边远山区寻觅到佩红手环的志愿者——
脑卒中要筛查

在洁白而清洁的病房坚守神圣的阵地——
脑卒中要合理干预

红手环志愿者在行动
时间就是生命，时间就是大脑
以己之力聚公众主动参与
举社会之力推全球合作
战胜卒中
永在路上

云南省楚雄州大姚县人民医院　李　伟

平凡，亦不平凡

这个平凡的世界
平凡的人
愿意用心去关爱别人
我们不是英雄
而是，那种真真切切，实实在在
可以游离于世俗，却无负自己良心的人
——中国卒中学会红手环志愿者

其实，每一个人都很平凡
我们欣赏这样的平凡

我们喜爱这样的平凡

当看到

他的生命，因我们的关爱而焕发生机

当看到

他的心弦，因我们的话语而弹奏出暖阳的旋律

当看到

他疲惫的神经，因我们的努力而能感受哪怕一夕美好

关爱是一种付出

更是无可比拟的收获

我们的心上印着平凡人的愿望

眼睛里印着平凡人的悲欢

平凡并非没有自豪的理由

平凡

亦不平凡

暨南大学附属第一医院　杨珊珊　何金爱　郑冬香　刘　婧

爱的生路

这是一支神奇的队伍

自 2015 年成立起

于细碎的时光中守望生命

坚定执着，无私奉献

守护健康，服务社会

他们，有个动听的名字——

红手环志愿者服务团

缠绵病榻的瘫痪老者
需要他们
未病先防的求医百姓
需要他们
健康咨询，公益讲座，学术交流，义诊活动
鲜红的光芒熠熠生辉
这束温暖而耀眼的光
让脑卒中患者不再彷徨
因病痛饱受折磨的漫长夜晚
也因此被照亮
迎来了属于他们的曙光

红手环，红手环
几百个日夜里，那些闪耀着红色光芒的志愿者
默默地托起红手环
以期照亮更多人的路
获得的满足
是红手环带给大家的慷慨馈赠
给予的快乐
是红手环留给自己最初的梦
越来越多的追梦者
走上了这一条奉献之路

红手环，一抹最美丽的中国红
愈发朝气蓬勃

若火之始然，泉之始达

为医疗事业的发展添上了浓墨重彩的一笔

山东省平度市中医医院　朱晨迪

歌

惠及百姓红手环

防止卒中齐向前

风雨无惧送健康

平安喜乐家团圆

奉献爱心把健康留守

医者仁心为百姓解忧

让红手环走进家门

让卒中远离身心

轻声细语把知识传颂人前

汗水挥洒笑容飞扬

用行动诠释大爱无疆

梦想只有一个——

健康

在防治卒中道路上勇往直前

志愿者们为全民送去温暖

红手环是一种希望

心连心
手挽手
开启全民健康的大爱之路

新疆维吾尔自治区中医医院　刘　佳

我的宝贝

我的宝贝
你即将三岁了
幼小却茁壮地成长

你喜欢红色
红色的马甲
红色的手环

你总是有着惊人的进步
每次培训，你越来越完善的授课
每次义诊，你越来越周到细致的服务和解答
你带给人们知识，带给人们温暖，带给人们希望
你得到微笑，得到感谢，得到感激的泪水
你说你唯一的使命就是"守护健康、服务社会"

我的宝贝
我们知道将来你长大了，定能不忘初心，继续远航
只为你心中这不变的信念——
汇聚力量，共护健康

无惧荆棘
无惧海浪
越过高山
越过海洋

北京市昌平区回龙观社区卫生服务中心　李　伟

见日

红手环，红手环
环环相扣，环环相连
大江南北
你连着我
我连着你
共筑卒中的防控线

红手环，红手环
套在手上，映入眼帘
大脑前后
大脑左右
靠着你连
脑中麦田靠你浇灌

红手环，红手环
无数的环汇成大圆
举起成云

汇成火红的天
变成火炬
驱散卒中笼罩的黑暗

河北省衡水市第五人民医院　付广荣

星火之星，待你燎原

初识红环一五年，星星之火势燎原
顶礼上师受红环，环环相扣薪火传
坚定执着讲奉献，服务社会守康健
牢记红环这誓言，扎根基层科普传

红环助力公益行，公益爱心献真情
真情营造生命舟，生命不息心为公
为公无私同筑梦，同筑卒中防治城
卒中防治共前行，共举红环公益情

精医良才同协力，务实创新擲豪情
百舸争流竞难上，时不待我踏新征
弘扬大爱心无悔，不忘初心砥砺行
公益红环遍神州，悬壶济世慈众生

京城忽传红花会，卒中盛会恰如时
洒扫门庭结灯彩，八方英豪如期至
红环之夜聚高朋，宾至如归尽欢腾

红环旗帜迎风展，共商合作创新声

争一流心系公益，献真心爱洒人间
谱宏业未来以待，扬大医精诚为怀
励精图治绘新篇，与时俱进新纪元

河北省衡水市故城县医院　李　皓

我是志愿者，我是红手环

前年的现在
我不是志愿者，也不知道红手环
去年的现在
我是志愿者，也加入了红手环
今年的现在
我不仅仅是个卒中宣传志愿者
而且也让更多的人了解认识了红手环
我骄傲
我自豪
因为——
我是志愿者，我是红手环

多少次顶风冒雨
我们奔赴在基层医院进行卒中宣传的路上
多少次烈日暴晒
我们坚守红手环，旗帜在飘扬

多少次孜孜不倦
PPT演示着脑卒中的知识
多少次不厌其烦
一遍一遍讲述着什么叫"120"和"FAST"
多少次加班加点
手术中清除干净出血卒中
多少次熬更守夜
溶栓取栓
我们让堵塞的血管变通畅
我骄傲
我自豪
因为——
我是志愿者，我是红手环

乐善好施，普渡众生
是大爱的追求
救死扶伤，治病救人
是医生的天职
奉献，友爱，互助，进步
是志愿者的精神
预防卒中，你我同行
是红手环永远的目标
我骄傲，我自豪
因为——
我是志愿者，我是红手环

湖北省十堰市人民医院　汪林涛

聆听生命的声音

戴上红手环
我就有了一个美丽的名字
志愿者
捧着一颗爱心来
无私奉献，不求回报
风雨兼程，坚定执着

一次叮咛
让语言传递春天般的温暖
一次搀扶
让蹒跚站在人生的起跑线
一次注射
让僵硬的感知变得有灵动
一次讲座
让预防渗透到健康生活中

戴上红手环
我就不是一个个体
服务团的兄弟姐妹遍及全国
带着一腔热情来
关注卒中，守护健康
服务社会，共同携手
谁说帮助别人不是一种美德

社会因为帮助而不再冷漠
谁说帮助别人不是一种文明
人们因为帮助而不再陌生

让生命开花
让心灵净化
让火苗腾空
让梦想飞翔

不要说一次活动微不足道
爱
能汇聚起每一份力量
支撑起一片蔚蓝的天空
美丽的红手环
释放出太阳般耀眼的光焰
为关闭的世界打开一扇希望之窗
让失语的声音也能重新表达
让病榻上的孤独被爱心融化
让无力的双腿重新站立起来
让康复的身心一同回归社会

戴上红手环
我就是爱的天使
内心散发着巨大的能量
带着美丽的微笑来
春风化雨，芳草萋萋
资源共享，生命绽放

羽翼飞过的地方
沉睡的心灵就会渐渐苏醒

戴上红手环
我就听见爱的呼唤
送人玫瑰，手留余香
健康似歌，小康如梦
哪里有红手环的律动
哪里就有生命的交响

齐齐哈尔医学院附属第一医院　王世茹

心中的红手环

2016 年
那是我第一次听到
红手环志愿者
这个火热的名字
从此牢记在心永不忘
也是在 2016 年
我们成立了自己的红手环志愿者服务团
躬身践行勇担当

从此以后
在惠民大地的大街小巷
随时可以看见“红色身影”

从此以后
"红色身影"成为我们心中最美的风景

我们爱岗敬业，我们刻苦耐劳
我们团结一致，我们不辱使命
我们牢记誓言，我们坚定执着
我们无私奉献，我们守护健康

我们没有豪言壮语
只有朴实无华的言行
我们没有惊天壮举
只有默默无闻的付出
我们放弃休假休班
积极响应着学会传达的每一项任务
我们不畏酷暑严寒
只求把健康知识传递给大众
红手环
焕发千万志愿者的激情
红手环
点燃千万志愿者的梦想

我们自豪
因为我们是中国卒中学会红手环志愿者
我们骄傲
因为我们从事着救死扶伤的光荣职业
我们愿意把我们的青春年华奉献给深爱的责任
我们愿意用我们的全部力量守护着群众的健康

我们时刻准备着
等待新的任务号角吹响
我们时刻准备着
随时到达任何一个需要我们的地方
我们坚信
红手环会积聚无穷的力量
我们坚信
远离卒中将不再是梦想
让我们手牵手，让我们心连心
让我们不忘初心，砥砺前行
让我们用微薄的力量让世界不再冰冷
让我们用自己的实际行动诠释着爱与永恒
让我们高举红色旗帜
踏上新的征程

山东省滨州市惠民县人民医院　曹现星

有一个名字叫——红手环

有一个名字叫——
红手环
2015 年，你走进了我的工作和生活
有一个名字——
红手环志愿者
2015 年，我成了一名红手环志愿者
有一个名字——
红手环志愿者服务团

2015年，我加入了红手环志愿者服务团

以你的名义
我们搞义诊、发传单
以你的名义
我们有了健康大讲堂
以你的名义
我们成为脑卒中科普的宣传者

因为有你
卒中宣传的方式上又多了一些
因为有你
卒中就诊的时间上又早了一些
因为有你
卒中患者的预后上又好了一些

在你的带领下
我们将继续前行
续写时间与大脑的传奇
在你的带领下
我们将继续努力
将卒中知识传遍千家万户
在你的带领下
我们将继续奋斗
谱写生命的赞歌

宁乡市人民医院　周　鸣

梦想之环

我梦想中的手环
你不像别人腕间的金光闪闪
在我迷茫时
你鲜红的颜色如红玫瑰般绽放心间
为我指引着前进的方向

我梦想中的手环
你不像情人赠送的情意绵绵
在我踌躇不前时
你就那么突然地出现
给予了我无穷的力量

红手环
你从哪里来
有你身影的地方
就有希望无限

红手环
你到何处去
你所到达的地方
温暖的笑容就会浮现

贵州医科大学附属医院　郭　娟

你的名字

缘起
我不认识你
只有风在耳边说没关系
来日方长
后会有期
汇聚力量，共护健康
这念冀
是你心的大爱无疆，恩泽遍施
是我身的白衣筑梦，扶伤救死

于而立之年抗击卒中
遇见你
彼时我刚走完生命三分之一的春夏
却看见他人世界里一洼洼灰色的泪滴——
痴小的面庞流涎不止
偏瘫的老者卧床不起
头晕的病患行动不利
昏迷的人有生命却无生气

好想好想
所有人都能自由呼吸
如体健者一般行动自如，纵情天地
可是可是

这只是个美好的希冀
是以我等心有余而力不足的个体
注定要遇见厚慈磅礴的你
健康咨询、公益讲座、风险筛查
你的倡议
学术交流、临床科研、义诊活动
你的行动

亲爱的红手环
勇敢说爱你并不难
红手环
关注卒中预防卒中
追梦路上不停息，满满都是行动力
红手环
你用振奋发聩的号召力走基层入社区
暖暖真情零距离
红手环
孤独无依者在你身上得到了信心与力量
爱因你而沉积
红手环
你让陌生的彼此变成志愿者变成“我们”
心的归属在于你

亲爱的红手环，我要大声说你的名字
红手环，你的名字
坚定执着，承载生命的落与起

红手环，你的名字
无私奉献，有积健为雄鹰的羽翼
红手环，你的名字
守护健康，种太多太多的回忆
红手环，你的名字
服务社会，是誓言写成了传奇

因为很坚定此生的轨迹
所以不惶恐未知的相赐
因为很荣幸途经遇见你
所以不赘言路过的荆棘
因为很珍惜我们的故事
所以不辜负缔结的情义
亲爱的红手环
你为健康中国梦躬身竭力
小身体巨能量
滴水穿石
亲爱的红手环
我愿与你同行
燃烧生命的骨与皮
余生时光不负
耘耕不止

浙江省绍兴市人民医院　陈春华

我是红手环，我骄傲，我自豪

红手环
卒中志愿者是珠，你是串珠的线
卒中中心是宝，你是聚宝的盒
卒中患者危在旦夕，你是救世的手

随着一带一路建设全面展开
一场又一场宣教活动蔓延全国
一个又一个红手环志愿者携手奔走
一批又一批卒中中心昂首屹立
你的足迹遍及村村寨寨
你的足迹漂洋过海
让 WSO 着重关注
我是红手环
我骄傲，我自豪

红手环
2015 年卒中大会与你不期而遇
国家会议中心与你携手相约
从此，我有了远航的方向
从此，我们始终相伴

三年里
我们携手走基层
我们携手串联白州医护
我们携手培育无数少数民族志愿者
烈日暴晒下的卒中筛查和干预工作
是职业给我们的天职
翻山越岭的县乡医护培训
是学会给我们的精髓
地方语言的卒中知识宣教
是回馈孕育我们的父老乡亲
感谢有你陪伴的日日夜夜
我是红手环
我骄傲，我自豪

红手环
你是串珠的线
你是聚宝的盒
你是卒中精英的培养皿
你是卒中中心的雕刻者

不是吗？
短短的三年时间
30个省市，1260家志愿单位，3万多名志愿者
遍布全国大街小巷
精准化的卒中医护培训
标准化的卒中中心建设
多样化的卒中知识宣教

推动卒中防治工作
走上新台阶
迈向新时代

红手环
感谢你让我成长为坚强的战士
通过ACTION培训
通过中国卒中学会的精雕细琢
我
成长为了老百姓信任的好医生
成长为了卒中知识的优秀讲者
成长为了WSO的中国成员
我是3万多名红手环战士中的一员
我是红色海洋中的一粟
我骄傲，我自豪

红手环
你是人民健康的守护者
你是卒中防治的播种者
你是一带一路的承接者与谱写者

同志们
让我们高高举起红手环
和中国卒中中心一起
和中国红手环组织一起
让红色涌动全中国
让红色震撼全世界

我们是红手环志愿者

我们骄傲

我们自豪

注：

1.WSO：*World Stroke organization*，世界卒中组织。

2.ACTION：*Australia China Training Initiative of Neurology*，中澳神经科医师精英培训。

大理州人民医院　杨　梅

下关一中初中部 188 班　李卓航

我们是红手环志愿者

性命相托的信任

成就医者的仁心仁术

回天乏术的悲痛

却至今令我镌骨铭心

卒中猛于虎

防控需协力

我们以志愿的名义集结

不忘初心，服务社会

我们以理想的名义汇聚

肩负使命，砥砺前行

我们愿做水滴，汇成江河奔腾不已

我们愿做春风，温暖人心吹拂大地

我们愿做音符，悦享激情舞动旋律
我们的名字是——红手环志愿者

红色背影是最美丽的风景
红色手环有最炙热的感情
乘风破浪潮头立，扬帆起航正当时
相信健康中国的决心
能够为生命带来更高品质
相信栉风沐雨的努力
将传唱岁月，代代流芳

路，在脚下
爱，在心中
诗，在远方

浙江省嘉兴市第二医院　翟丽萍

手牵手，心连心

走过一年四季
看过无数风景
红色最让人着迷

听过不少哭泣
目送许多无情
手环故事扣人心

手牵手，心连心
我们一起努力
共沐阳光细雨

如果说，一花一世界
不知道春天带来了怎样的芳华

如果说，一叶一菩提
不知道夏天成就了怎样的树木

如果说，救人一命胜造七级浮屠
也不知道这红的鲜艳的爱心环造就了怎样的高楼巨塔

手牵手，心连心
我们为爱前行
我们不曾放弃

红手环，把我们紧扣在一起

南方医科大学南方医院　范祖森

心之使命

红手环志愿者
有一颗火热的心

红手环志愿者
有一份不变的情

关注卒中，守望健康
是红手环的光荣和使命

看，无影灯下有他们的身影
听，社区课堂有他们的声音
注重细节，倾注真情
用爱心呵护
抚平伤痛

精诚团结，筑建防控卒中的钢铁长城
用阳光般的微笑唤起希望
用春风般的话语融化坚冰

奉献美好，奉献真诚
心与心相连
共创完美人生

北京市昌平区回龙观社区卫生服务中心　徐凤芝

与你的春华秋实

在这个世界上有一个美丽的名字
——红手环

在这个世界上有一群可爱的人们
——志愿者
哪里有卒中
哪里就有红手环
哪里就有志愿者的身影
击碎卒中的梦想让我们相遇
炙热的红手环让我们相识
志愿者服务让我们相知
是义务
是责任
更是爱
手牵手，防卒中，你我同行
心连心，护健康，携手你我
只为一个共同的目标——全民健康
春华秋实，沧海桑田
红手环志愿者带着希望
不忘初心
送去温暖与关怀
红手环志愿者带着梦想
砥砺前行
守护健康与笑容
用爱撑起蔚蓝的天空

山东省临沂市沂南县人民医院　贾晓琳

小小

小小的红手环
正如一座座小小的桥
连接你，我，他

小小的红手环
犹如一簇簇小火苗
点燃你，我，他

小小的红手环
好似健康志愿者心中的朝阳
温暖你，我，他

小小红手环
让我们手拉手，心连心
为卒中患者打开生命的窗

云南省弥勒市中医医院　马　科

一个叫作青春的故事

这是一个叫作青春的故事
用信仰点亮，持久而辉煌

这是一个叫作信仰的故事
借奉献燃起，崇高而坚毅

这是一个叫作奉献的故事
与红手环构筑，巍峨而坚固

这是一个叫作红手环的故事
红烛的燃点
带给卒中患者无尽希望与温暖
手与手的相牵
带给卒中患者坚定守护与信念
环与环的相连
带给卒中患者悉心照顾与转变

永远致力于传播心脑血管病防治知识
永远红环筑梦
风雨无阻，恩泽遍施
永远不辱使命
爱心未息，耘耕不止
永远坚定执着
服务社会，守护健康

红手环
广大志愿者的心之所系
万千卒中家庭的情之所牵
环环相扣间
是一个一个温暖与关爱的健康故事

吉林大学白求恩第一医院　魏　铭

我们是红手环志愿者

我们是红手环志愿者
坚定执着，无私奉献
保护心和脑
是我们共同的使命

我们是红手环志愿者
守护健康，服务社会
用真诚与智慧践行十九大精神

我们是红手环志愿者
佩戴手环，公益讲座
把健康和幸福送给人民大众

我们是红手环志愿者
传递爱心，义诊宣教
以实现全民心脑健康的期望

我们是红手环志愿者
赠人玫瑰，手留余香
让更多的人远离心脑疾患

我们是红手环志愿者
我们自豪，我们骄傲

让我们携手共铸人类健康的丰碑

我们是红手环志愿者

铭记誓言，不忘初心

因为我们相信

所以我们祝福

未来更加美好

黑龙江省哈尔滨市第二医院　安秀丽

World Stroke Organization

WORLD STROKE DAY 2015

World Stroke Day is a key initiative of the World Stroke Campaign

Best Campaign in a Low to Middle Income Country

The World Stroke Organization (WSO) is honored to present the

Chinese Stroke Association

with this certificate of recognition for their valuable contribution and commitment to the global fight against stroke.

Stephen Davis, MD, FRCP, Edin FRACP
President, World Stroke Organization

Erin Lalor, PhD
Chair, World Stroke Campaign

One World Voice for Stroke

感动中国

我们走进新时代
习总指挥再向前
全民健康大行动
卒中防治不容缓

卒中学会红手环
健康卫生很关键
无私奉献做卫士
急救知识多宣传

卒中学会红手环
医患沟通心相连
稳定血压防卒中
卒中急救要规范

卒中学会红手环
我是学会一成员
竭尽全力做公益
红手筑爱代代传

河南省鹤壁市淇县朝阳仁爱医院　蒋清生

红手环 志愿者服务团
Red Bracelet Volunteers Service Corps >>>>

节律

红手环

感动中国（第二辑）

卒中歌

拂晓对明镜
应是细详颜
镜中显明示
提防中风前
何为有疾相
莞尔口角偏
更自听言语
似枣口中含
如无此中状
或兼臂垂眠
两者皆若无
偏身麻木也
三者有其一
急向医护前
极髓何其珍
三分无复还
无论此前后
糖盐宜正弦
指尖销烟雾
宜肺又延年
莫贪口舌欲
遗忘大肚腩
果蔬为友朋

恬淡如田园
律己遵医嘱
防卒救中拳
迟暮行难少
鬓白俱康健
医患同协力
共升华夏元

哈尔滨医科大学附属第一医院　李旭光

卒中健康歌

红手环系千万家，健康传递你我他。
脑血管病可防治，定期检查便观察。
气候变化温差大，此病冬季较多发。
低盐低脂勤锻炼，控制血糖和血压。
均衡营养心态棒，身体心理两手抓！
戒烟戒酒勿熬夜，乐观积极状态佳。
嘴歪无力语不利，可能脑血管病发。
正视卒中可防治，及早送医莫拖沓。
早查早治早康复，配合治疗效果佳。
众志成城抗卒中，红环传遍大中华！

湖南省湘潭市中心医院　熊　建

早

脑卒中，危害多
一发生，时间贵
脑细胞，损失快
手脚拙，致残高
早发现，能控制

红手环，宣传队
下社区，走基层
手牵手，心连心
小知识，大健康
早筛查，能干预

红手环，志愿者
春天里，种爱心
夏天中，火热干
秋季里，收获中
冬天里，关爱行

红手环，志愿者
风里来，雨里去
岁月里，不停步
红手环，在行动
早诊断，早康复

湖南省脑科医院　刘秋庭　邓培培

千家颂

血管疾病猛如狼
顷刻之间脑已伤
《黄帝内经》曰中风
现代医学称卒中

轻瘫重残患病高
普通群众识别少
一朝疏于就医缓
终身悔恨路迢迢

一道红色生命线
手手相连腕上圈
心系百姓保健康
卒中学会红手环

走入社区宣传忙
科普知识亲手传
中风牢记“120”
绿色通道开生门

血压血脂和血糖
时时监管身体棒
颈部斑块要调脂
风心房颤抗凝长

杜绝熬夜戒烟酒
大鱼大肉少入口
五谷杂粮乐悠悠
健康常在寿长久

志愿服务品德高
精准耐心口碑好
主任带头下基层
科普筛查乡镇跑

风雨无阻三载过
团员壮大三万众
红色传遍大中华
手环走进万千家

四川省德阳市人民医院　任高平

信念

有一个组织——
中国卒中学会
有一群人——
志愿者
他们有一个共同的标志——
红手环

一片红色的火焰
走进社区
来到乡间
迈进学校
爱意播撒到福利院

管住嘴，迈开腿
控压降糖，劝阻吸烟
阿司匹林抗血小板，他汀稳软斑
警惕心脏是否有房颤
中风立即拨打120
3小时内要溶栓

一张张传单
一声声叮咛
一级预防，二级预防
轻型卒中，女性卒中
防微杜渐，共筑防线

也许地处偏远
也许隔了万水千山
远程会诊，心系天坛

坚定执着，无私奉献
造福人类，大爱无疆

为了人类的康健
这就是红手环里的信念

山东省德州市宁津县人民医院　冯之英

希望

每天有人死去
他们静悄悄的，没有发出一点声响
中风
它还有个名字——
脑卒中
多发于四十岁的中年人
酗酒，尤甚
很多人甚至在举杯的时候
不知道恶魔已经在靠近
它来得悄无声息
去的时候却伴随着沉重哀乐

温柔地戴上红手环
救患者于旦夕之危
普及知识
传递健康
心，越热越团结
抵抗恶魔，远离卒中

红手环

普通，又不起眼的名字

终于慢慢走进了患者的生活之中

越来越多的志愿者加入进来

明明平凡

眼里却有光

那是鲜艳的永不停息的红色

代表着涌动的血液

代表着奔腾的希望

代表着温暖的人心

他们立下志愿

终有一日

让卒中与大众再不相见

愿未来
再无人在深夜里低泣

四川省成都市第三人民医院　徐涵倩

红手环颂

——红手环志愿团"防卒中，树新风"

红手环，天下传。
保健康，科普宣。
志愿团，讲奉献。
共参与，减风险。
防卒中，降伤残。
十九大，宣讲团。
树新风，党员先。
为什么？意志坚！

安徽省阜阳市第七人民医院　杨国斌

破阵子·为红手环志愿者赋壮词以寄

技比华佗回春，
德如仲景惠民。

无论是冬寒夏暑，
不管它高堂江湖。
医者父母心。

披白大衣祛病，
系红手环同仁。
只为苍生除疾患，
不叫风邪留遗苦。
共圆中国心。

同济大学附属天佑医院　王　柳

满江红·共欢颜

卒中人防，神内人，但恐不端。
下乡里，组织宣传，手环相牵。
关键时间早与晚，溶或不溶两相难。
时不待，卧病已在床，空余恨。

红手环，宣卒中，病友事，我排难。
共欢颜，点点朱红势燎原。
卒中防控如水火，处心相待手相牵。
抓初心，把真情呼唤，众心宽。

河北省香河县中医医院　董　攀

渔歌子·红手环

传知识
送关怀
志愿服务为民众
进基层
扶边远
你我同行防中风

齐众心
做公益
红手环团送安康
尽己力
行善心
守护健康铸幸福

四川大学华西医院　张瑞雪　陈德智　梁　燕　涂双燕

赤衫行

义诊科普发传单，
协助百姓防血栓。
白衣缘何配赤衫？
只因我名红手环。

横幅绿树映蓝天，
白首丹心佩红环。
为民健康不辞苦，
预防卒中做宣传。

河北省邯郸市邱县中医院　杨亚璞

红·思

红促宣教除病痛，
手行公益铸健康。
环扬服务为大众，
好同众家控卒中。

四川大学华西医院　张瑞雪　陈德智　梁　燕　涂双燕

栋梁歌

吃穿住行欣向荣，心脑血管风险高。
敬业奉献红手环，卒中防控重任挑。
科技强国基层起，科普宣称义诊良。
齐头并进中国梦，人民健康撑栋梁。

江苏民政康复医院　陈洪晶

荣光

辛中宣传走下乡，可控可治做预防。
志愿服务公益情，无私奉献撒荣光。
医疗改革促发展，医患和谐筑梦想。
初心不忘红手环，砥砺前行护健康。

山东省临沂市沂南县人民医院　王　双

红心 & 爱心

红日当空定乾坤
手捧红心献青春
环绕人民健康魂
防御疾患筑长城
辛岁穷年长耕耘
中华大地建功勋

浙江省嘉兴市第二医院　沈和平　王耿焕

奋进

——致敬神内医护

二月里，春风刮
神内医护顶呱呱

看病难，资源贵
七院党委来面对
运筹帷幄建神内
择优竞聘新岗位

新风貌，新团队
区域医联共进退
早交班，周例会
医护齐心迎机会

过春节，战春运
神内走廊床满位
抱怨少，耐心多
优质服务奉献高

勤查对，避差错
核心制度牢记着
精扶贫，献温暖
党员模范树标杆

红手环，志愿团
无私奉献意志坚
讲政策，促发展
义诊宣教巡讲团

三步快，识中风
一看二查加“灵”听
飞越中风陷阱
急诊溶栓能救命

满意度，来调查
中风患者医护夸

基础薄，有困难
神内咱有专家团

十九大，树新风
神内医护奋进中

安徽省阜阳市第七人民医院　杨国斌

如初

夕阳西下
榕树旁
紧闭的眼眸
无力的感知
偏瘫的肢体
蹒跚的步伐
沧桑孤独的背影
再一次让我看到
卒中恢复，道阻且长

时光流逝，岁岁年年
春花秋月，夏雨冬雪
你——红手环
从夏日里走来
骄阳似火
温暖心房

手腕悬上红手环
承载的是健康的使命
坚守的是无私的奉献
传递的是汇聚的信念
散发的是耀眼的光芒

俯身弯腰，叮咛嘱咐
历历在目，声声入耳
在绝望中找寻希望
用善与爱造就辉煌

向着光亮那方
我们看到了
卒中患者微笑绽放的脸庞
红手环志愿者的青春飞扬
更看到了民族的希望

大浪淘沙
洗尽铅华
纵使纷繁世界迷人眼
你我同行
温暖如初

广西中医药大学　杨　旭

梦蝶

——一枚红手环的呓语

上帝
我该拥有怎样的灵魂

上帝
你给我羽翼
给我天空
可是
我该拥有怎样的灵魂

上帝
如果我是你梦中的蝶
能否让我如你心中的虹
执着而宁静
纯美而赤诚
永远怀念明澈的天境

上帝
如果我是你梦中的蝶
能否让我如你眸上的光
幽远而坦荡
深邃而苍茫
永远追随圣洁的祈望

上帝
我该拥有怎样的灵魂
如果我依然是蝶
依然是你梦中的蝶
能否让这世界因我的飞舞而美丽
因我的美丽而辉煌

上帝
我是你梦中的蝶
你是我蝶儿的梦
梦中是永恒

安徽省六安市第二人民医院　张兰青

大步向前走

志愿者手挽着手
风雨同舟朝前走
我们同有红手环
甘愿热血写春秋

大爱把美丽的心灵铸就
让红手环温暖着神州
践行红手环的精神
情满人间把爱挽留

用真诚和智慧把知识传授
人生闪光，精神不朽
坚定执着，无私奉献
红手环就是温馨的问候

防治卒中是我们的追求
服务社会
愿人们健康长寿
展现志愿者的动人风彩
心连心，手牵手
大步向前走

山东省德州市宁津县人民医院　杨春杰

请叫我的名字——红手环

熙攘的街边，纷繁的广场
都是我们义诊的战场
洁白的旗帜，鲜红的手环
那是我们的热情在风中飞扬
血压仔细测量
血脂、血糖也要知详
深入浅出的宣讲
让您远离“三高”
拥抱健康

真诚的微笑
抚平卒中后的忧伤
悉心的叮咛
点亮康复的希望
预防卒中
守护共同的理想

无私奉献，守护健康
行动让誓言更加响亮
不忘初心，砥砺前行
书写志愿服务新的篇章

河北省邯郸市邱县中医院　杨亚璞

四季

阳春三月，莺歌燕舞
红手环志愿者
如雨后的春笋
在全国各地迅速成长

炎炎六月，热情似火
红手环志愿者
犹如跳动着的红色音符
鸣奏着一曲曲动人的旋律

金秋十月，硕果累累
红手环志愿者
全国上下发起了集结号
于世界卒中日共话盛会

数九寒天，风雨无阻
红手环志愿者
冰雪战士坚持守在卒中防治最前线
广泛传播脑卒中防治知识

走过春夏秋冬
四季更替
红手环志愿者
无私奉献，坚定执着，守护健康，服务社会

上海市嘉定区中心医院　何继红

红手环 志愿者服务团
Red Bracelet Volunteers Service Corps >>>>

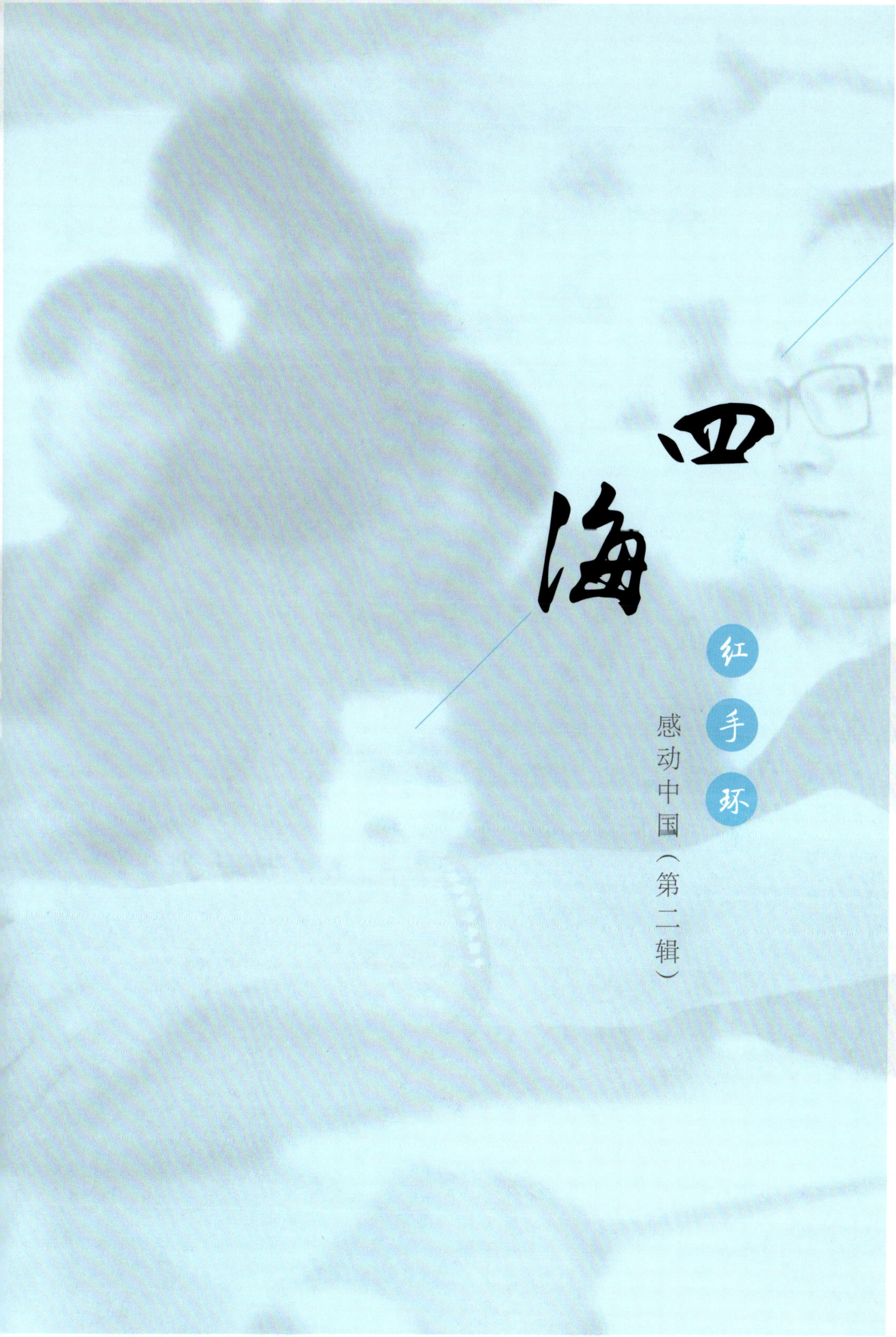

四海红手环

感动中国（第二辑）

大美中国，健康行

脑血管病危害群众健康
卒中事业正在负重前行
红手环志愿者们
肩负使命
山一程，水一程，风一更，雨一更
健康中国，中国健康
两个一百年
获得感、幸福感、安全感
健康在路上

志愿者的坚定执着
红手环精神在流传
一日复一日
千枝攒万叶
捧一颗心来
只要健康满华夏

劝伊须及时
莫待落花时
莺啼燕语暗香
咏吟和谐社会
春花小桥流水
和风细雨轻雷

中国大美好

为你走过万里山河

杭州师范大学附属医院　姜海波

红的吻

红

是五星红旗底蕴的飘扬

红

是山丹花热情的释放

红

是“红手环”爱心的承传

红

是儿时妈妈的唇瓣儿

亲吻着你
传递着香甜与温暖

期待着与你相见
不管是烈日炎炎
亦或是泥泞不堪
火红的手环
如约来到你的身边
像是久违的故友相谈甚欢
用专业和真诚的语言
化作妈妈慈祥的眉眼
亲吻着你
幸福已流入心田

红色手环
是一种奉献的坚持
走遍玉田大地周边
万里征程
送去我承载嘱托的康健
带走你心满意足的笑脸

红色手环
是一种爱的传延
温暖玉田百姓
春秋冬夏
从不畏惧酷暑严寒
履行我们的誓言

红色手环
医患相连
爱的奉献
永远承传

我在玉田
我在等你

河北省唐山市玉田县中医医院　肖　辉

彝乡夜梦

元江邀约金沙江
欢腾着进入滇中走廊
流经楚雄彝人古邦

这里历史悠长
山川秀丽
物产多样
民风淳朴善良
祖辈经历过太多无奈与无助
目睹了不少离奇的突发死亡
却不知何为"脑卒中"

十九大后初春的朝阳
点缀着缤纷的彩虹

阿爹说
那是红手环坠入彝乡
是中国梦的健康梦想

阿妹说
白衣天使点亮了星星和月亮
温暖了红太阳
让彝家人活得更亮堂

阿哥说
愿手中的火把
从此变成救人的魔杖
去唤醒亲人骤停的心脏

愿红手环走遍彝州
赶走可预防的残障

轻风掠过彝寨山岗
隐约有阿惠的嬉笑
伴着芦笙轻唱

静夜随想

我虽无“苍生大医”相

但科普济世也是喜洋洋

但愿从此后

牛郎欲问“卒中”事

一样含笑在上苍

夜渐深

窗外的天空深邃如海洋

那一轮将圆的月亮

透射至我的窗棂上

犹如彝家妹子如花的笑容

烙印在我的心房

激励我走在行医宣教的路上

红手环凝聚医者弱小的力量
以生命的名义
救死扶伤
患者安康
医者心安
今夜将有一个踏实甜蜜的梦乡

期待明天的彝人古邦
春雨染绿大地衣裳
朝阳初上
又见绚丽彩虹
连结你我心上

云南省楚雄市人民医院　常开珍

冰城话卒中

中年缠身“高冠糖”，国人心脑病愈增。
卒中急来慢归去，中风险象环环生。
学以致用心神定，会溶能取盼畅通。
红心巧手善思辨，手中诊锤未歇停。
环坐杏林百家谈，志不畏难从神经。
愿你身起手足灵，团结互助康复行。
精神百倍烟酒戒，神清气爽走冰城。

哈尔滨医科大学附属第一医院　肖　钰

红手环在咸阳，你在哪里？

我在咸阳的一个小角落
一个聚集了许许多多卒中患者的角落
疾病遮蔽了他们的天空
系在腕中的红色手环
照亮了他们前行的路

嘴角歪斜
言语不清
肢体偏瘫
反复入院，好转，出院
红手环不甘示弱

有一种力量是团结
有一种信念是坚持
有一种正能量是“红手环”
有一种责任感是“红手环”
这是使命——
这是职责——
越来越多的有爱之士来到了我们之中
我们——
是红手环志愿者

悉心宣教
巧妙指导
定时随访
红手环出现在医院，家庭，全社会
顿时成为一道亮丽的风景线

患者的住院次数减少了
生活质量提高了
他们用最美的语言温暖了我们
如果，疾病是上帝给我关上的门

那么，红手环便是我的落地窗！

我们散发着红色的光芒
却比金色更耀眼
没错，就是在这小角落
被喻为人类生命的工程师
红手环在咸阳，你在哪里？

延安大学咸阳医院　耿　月

医者仁心，大爱无疆

红手环志愿者只为一个共同的目标——
全民健康
护航生命
陪伴关爱
红手环志愿者只为一个共同的信念——
预防卒中

砥砺前行
守护健康与笑容
来到新疆
来到乌市
来到患者的生活里

不忘初心
送去温暖和健康

走进社区
走进病房
走进患者的心坎里

手牵手
防卒中
共努力
健康快乐
展示人生风采

红手环
正能量

暖人心
全国有你，阳光驱散雾霾

四高中风不可怕
可控可治可预防
少油少盐多锻炼
戒烟限酒管住嘴

你我同行，不畏艰险
你我携手，共迎明天

医者仁心，大爱无疆（维文版）

دوختۇرلار مېھرىبانلىقنى كىشىلەردىن
ئايىمايدۇ، قىزىل لېنتىلىق پېدائىيلارنىڭ
پەقەت بىرلا ئورتاق نىشانى بولۇپ، ئۇ
بولسىمۇ: ئومۇمىي خەلقنىڭ
ساغلاملىقنى قوغداپ، ئۇلارغا مېھرى
-شەپقەت يەتكۈزۈش؛قىزىل لېنتىلىق
پېدائىيلارنىڭ پەقەت بىرلا ئورتاق
ئېتىقادى بولۇپ، ئۇ
بولسىمۇ:كېسەللىكلەرنىڭ ئالدىنى
ئېلىپ، جاسارەت بىلەن ئىلگىرىلەپ،
ساغلاملىقنى قوغداپ، كىشىلەرگە
خوشاللىق ئاتا قىلىش.
شىنجاڭغا، ئۈرۈمچىگە كېلىپ،
كېسەللەر ئارىسىغا بېرىپ، ئەسلى
مەقسەتنى ئۇنۇتماي، ئۇلارغا ئىللىقلىق
ۋە ساغلاملىق ئاتا قىلىمىز.
مەھەللىلەر، بالنىستلارغا كىرىپ،
كېسەللەرنىڭ كۆڭلىنى خاتىرجەم
قىلىمىز.
قولمۇ-قول تۇتۇشۇپ، كېسەللىكلەرنىڭ
ئالدىنى ئېلىش ئۈچۈن ئورتاق
تىرىشچانلىق كۆرسىتىپ، ئۇلارغا
ساغلاملىق ۋە خوشاللىق ئاتا قىلىپ،
كىشىلىك تۇرمۇشتىكى قىممىتىمىزنى
نامايان قىلىمىز.
قىزىل لېنتا ئاكتىپ ئېنېرگىيە بولۇپ،
كىشى قەلبىنى ئىللىتىدۇ.
قىزىل لېنتىلىقلار بولغاچقا، ئۇلار
خۇددى قۇياشتەك كىشىلەر قەلبىنى
يورۇتىدۇ.
«تۆت يۇقىرى»، سەكتە قورقىنچلىق
ئەمەس، ئۇنى تىزگىنلىگىلى، داۋالاپ
ساقايتقىلى ھەم ئالدىنى ئېلىغىلى
بولىدۇ.
مايلىق، تۇزلۇق تاماقلارنى ئاز يەپ،
ھاراق-تاماكىنى ئاز ئىستېمال قىلايلى.
ھەممىمىز جاپا-مۇشەققەتتىن
قورقماي، تەڭ ئىلگىرىلەيلى.
ھەممىمىز قولمۇ-قول تۇتۇشۇپ،
ئورتاق گۈزەل كەلگۈسى بەرپا قىلايلى.

新疆维吾尔自治区中医医院　刘　佳

乡村·足迹

又是一个中午
下班后收拾好医护用品
匆匆赶往患者家中为瘫痪患者更换胃管
坚持至今已达2年之久

多少个傍晚
顾不得吃上一口热饭
急忙加入夜间义诊的队伍奔赴乡村小镇
黑暗中不慎跌伤却依然如故

还是那个群体
佳节之际
为孤寡老人亲手包起爱心饺子
陪他们一起共把天伦欢度

一句句大爷大妈
一声声叔叔阿姨
暖心的话语
真情的关怀

手拉手
只为能量的凝聚
肩并肩
只为爱心的传递

红色手环光彩夺目
一袭白衣神圣无比
医德深深扎根入土
美誉传遍全国各地

河北省唐山市玉田县中医医院　郝景玉

红手环 志愿者服务团
Red Bracelet Volunteers Service Corps >>>>>

同归

红手环

感动中国（第二辑）

玉成

轻寒吹落江南繁花
东风抚过漠北长沙
四年寒暑
红手环公益红透大江南北
红手环事业一片蓬勃
看华夏款款红绸
迎风飘扬
卒中科普传遍大地神州

在这片我们深爱的土地上
我们尽情挥洒青春的汗水
心中那美丽的梦想
在每一次红手环公益活动中升华
绘成今朝最美的图画
与日月同辉
与星光璀璨
那是一束束耀眼的光芒
照亮着我们前行的方向

红手环旗帜下激昂的誓言
声声铿锵，句句昂扬
谱写着一曲属于我们志愿者的热血华章

正所谓：

扎根华夏传科普，红环助力公益行
顶礼上师受红环，环环相扣有传承
栉风沐雨传薪火，筚路蓝缕玉始成
弘扬大爱献真情，悬壶济世慈众生
精医良才同协力，卒中防治共前行
一带一路同筑梦，与时俱进方共赢

愿我们
乘十九大春风
伴主席寄语
扣时代脉搏
扬红环旗帜
传卒中科普
谱世间真情

用青春，用热血
展红手环志愿团万紫千娇
扬中国卒中学会锐气朝朝
在新时代新使命新思想下
让红手环公益事业再踏新征程
济一方黎民百姓
创一曲时代新声

河北省衡水市故城县医院　李　皓

当我们戴上这"红手环"

难忘那一天
当我们戴上这"红手环"
在全院同志的见证下宣誓——
那场面肃穆庄严
我们心中充满了力量
"红手环"志愿者服务团
这是我们的心灵家园
全国3万名"红手环"志愿者
我们将一起致力于卒中事业
竭尽全力

当我们戴上这"红手环"
那一刻，我们心中充满了沉甸甸的使命感
我们的祖国，不甘落后，正在大步向前
可脑卒中的发病率却在世界上遥遥领先
没有健康的体魄
何谈大国的发展
脑卒中防控之路
还很漫长、遥远
除了奋斗，我们别无他选
我们要把卒中知识传播广泛
把重心从传统的治疗向防控转变

当我们戴上这"红手环"
一次次来到社区，单位，养老院
我们讲解卒中知识，发放卒中科普传单
记不清测过多少次血压
做过多少次解答
记不清前来义诊患者的容颜
却难忘他们渴望健康的双眼
我们知道，脑卒中的防控之路任重道远

当我们戴上这"红手环"
来到了偏远山区和乡间
义诊的现场让我们几度心酸
那些辛劳的农民有的还生活在贫困线
脑卒中让他们失去了生活的尊严
物质短缺，知识匮乏
他们最需要防治知识和医疗支援
志愿者们的到来带给了他们温暖
我们却如此内疚——
对不起，我们来得太晚

当我们戴上这"红手环"
就和全国3万名"红手环"志愿者一起
化成了天空中的一片云
编织着卒中防控的宏伟蓝图
燃烧成了原野里的一团火
点燃了群众战胜卒中的希望
汇成了夜空中的一点星光
照亮了卒中患者前行的方向

当我们戴上这"红手环"
我们就拥有了共同的承诺
坚定执着，无私奉献
守护健康，服务社会
当我们戴上这"红手环"
我们就拥有了共同的理想——
愿祖国繁荣昌盛
愿人民幸福安康

吉林省长春市人民医院　夏　瑜

那些我记挂着的人们

时光缓缓流，岁月不复走
多年之后，记忆空楼，回到小时候
辛勤一生，心念家人，愿安康为首
扶行漫漫，蹒跚步态，忐忑在心头
红环执手岁月留，黑白光影看新旧
抚平这无力的烦忧，拂去那麻木的哀愁
红手环已环环相扣，预防卒中星火守候
坚定地，执着着，传播知识将健康挽留
无私地，奉献着，服务社会将丰碑铸就
我们在身边默默相守，大步不回头
多少初始坚定的承诺，我们并肩走
卒中灰暗，我们汇聚力量，用爱与信念点亮

防控路长，我们全力以赴，将梦与志愿传扬
延续这光年万象，是红手环的信仰
时光缓缓流，希望依旧是旧时健康的模样

【歌后记】

这些日子的志愿活动，我见过了许多人。

那些时间的流逝，他们的年纪渐渐大了。自卒中笼罩，记忆已模糊，依稀记得小时候难以遗忘的时光。

他们一辈子朴实辛劳，一心记挂着家人安康顺遂，从未将自己的健康放在心上。

他们在卒中后行走不便，心里全是忐忑与不安。

我想为他们做些什么？

我能为他们做些什么！

谨记着红手环的理念，谨记着要守护他们的健康，我从一张张繁复的影像学检查结果中看脑梗的新旧更迭。

尽力应用对症治疗保住了他们的生命，但防卒的情况已刻不容缓。

感谢他们的出现，我找到了一个从不敢相识的自己。

红手环行动已环环相扣，卒中地图也如星星之火，在全国铺开，致力于守护健康。作为一名志愿者，我从未停歇。

我从未畏惧困难，践行着红手环的精神与理念。这些与爱并肩而行的日子，我毕生不忘。

汇聚我所有力量，全力以赴！

愿用最大的努力，换回患者曾经的康健。

江苏省张家港市第三人民医院　须敏娇

以爱的名义

金色的天边
与您相依相守的红手环
她是家人的温暖与惦念
她是志愿者的坚定执着与无私奉献
爱的红手环，将我们紧紧相连

您的幸福，我们默默陪伴
您的需要，我们随时守护
守护您的健康是我们不渝的使命
服务社会是我们最美好的职责
开展防治宣传，我们把健康送达您的身边
因为我们知道，传播知识就是为您撑起最大的保护伞

当您彷徨时，请您展示手中的红手环
当您迷茫时，请您呼唤心中的保护伞
红手环，为您照亮回家的路
红手环，指引我们为您撑起希望的伞
爱的红手环，爱的保护伞

从此刻起
让我们共同努力
以爱的名义

一步一步
靠近心中的红手环

北京市昌平区回龙观社区卫生服务中心　杨　丹

与你并肩

也许
你记不起我们的模样
但你一定记得我们的笑容
也许
你叫不出我们的名字
但你一定记得我们的叮嘱
也许
你猜不到我们的初衷
但你一定记得我们手腕上佩戴的鲜红标志
——红手环

对
我们就是中国卒中协会红手环志愿者
我们来自祖国的五湖四海
但我们都有一个共同的目标
守卫大众健康

坚定执着，无私奉献
是我们的信念

守护健康，服务社会
是我们的使命
传播心脑疾病防治知识
是我们的职责
把健康和幸福送给大众
是我们的心愿

对
我们就是中国卒中协会红手环志愿者
每一枚红手环就是一盏温暖的烛光
在每一片干涸的土地播种希望
每一枚红手环就是一颗火热的爱心
轻轻地为病患抚平创伤
每一枚红手环都拥有无穷的力量
让枯萎的小草重沐春光

对
我们就是中国卒中协会红手环志愿者
共同预防
环环关爱
助每个生命扬帆
让每个生命无憾
请相信我们
红手环与你并肩

湖北省宜昌市第二人民医院　马晓燕

闪亮的星

红手环的旗帜在飘扬
我们的脚步在路上
社区里
村寨里
养老院
卫生所

我们坚定执着
我们守护健康
我们从来停下的脚步
让我们像天上的星
用微薄之力
为您照亮防治卒中的漫漫长路

红手环志愿者
与您同行

北京市昌平区回龙观社区卫生服务中心　娄树静

你本来的样子

神明之腑，风邪来袭
猝然而至，防不胜防

愁眉紧锁，有心无力
亲人焦急，束手无策
天啊……
地啊……
此时方知——有备无患

红旗颜色，志向明确
红手环肩负着重任——
宣传卒中防治，与时俱进
坚定执着，无私奉献
守护健康，服务社会

为你笑容，为你健康
任风雨无情
我愿戴上这红手环
为你祝福，为你歌唱
相信我吧
用我真诚，献我智慧
你的笑容
灿烂如朝霞

吉林省长春市人民医院　刘　健

明天会更好

轻轻打开沉睡的心灵
快快睁开你的眼睛
是否是不对称的脸庞
是否存在无力的单侧肢体
讲话是否清晰
牵动医患的心
卒中120的口诀
请您铭记于心

红光播洒着爱的印记
色彩斑斓本是生命
手持预防的大旗
环绕着卒中掀起了一场战役
全民身心祥和
生活幸福如歌
助华夏儿女强健体魄
力求我健康中国

携手预防卒中
愿您与我同行
坚定执着
奉献我全部的爱心
挥洒我全部的热情

守护健康，远离卒中
但愿隔绝这纷扰
但愿明天会更好

哈尔滨医科大学附属第一医院　曲叶为

红手环，环环献真情

红手环，系于腕间，发于心底
坚定执着，只为你健康
高尚品德，无私奉献
守护健康，从不惧怕路途艰险
服务社会，只愿人人康健无恙

红手环，红得耀眼，拨人心弦
看到你的眼睛
我懂你，那是对健康知识的渴望
《脑健康读本》
它通俗易懂
轻松解开你的疑虑，帮你调整至健康的生活

红手环，环环相扣，相识相知
阴晴圆缺，我从未间断传播疾病防治知识
风里雨里，感谢你一路紧紧追随从未失约
付出甘之如饴，所得皆予欢喜
将健康与幸福送给大众
吾心安处，便是吾家

红手环，默默奉献的志愿者
感恩生活中的美好
接受生活掺杂的苦难
红手环愿陪你走遍山河壮丽
迎接美好的未来

辽宁省大连市友谊医院　邵慧珺

和你在一起

红手环，让我们站在一起
我们是健康的卫士

我们是共同对抗卒中的同仁
健康是我们用心的守护
爱是我们不忘的初心

阳光，蓝天，自由
我们帮你追寻
幸福，快乐，美满
我们助你留存

风雨无阻
我们坚定执着
沧海桑田
砥砺前行
红手环，一环相系
我们同你一起

辽宁省大连市友谊医院　郎晓岚

未来，为你而来

一红衣
一手环
燃起了生命的信仰
我们
如秋日的枫叶
如漫天的繁星

我们激荡的青春
带着梦想和真情
愿你也真诚相待
即使，那无止息地吹刮着的激怒的风
即使，那永远汹涌着我们的伤痛的河
我们也会毫不犹豫地迎上去
与你并肩作战，为你保驾护航
即使你不小心折断了翅膀，丢了船桨
我们仍会给予你最温暖的关爱
期望，我们的呼吁能有回响
期望，我们能在灰色的画布上绘出灿烂的夕阳
期望，我们能带你走出痛苦和哀伤
期望，我们能为你斩断荆棘，为你的路能走得更长

暨南大学附属第一医院　杨珊珊　何金爱　郑冬香　刘　婧

温阳和煦

曾经鲜活的生命
忽被恶灵侵噬
如同枯萎的枝条
坚挺不再
生机黯然
在萧索的秋风之中
颤抖
啜泣

生活如冬夜漫漫
梦想似落花凋零

让我们用一串串红手环
将彼此的心跳相连
走近你
——用一颗颗心来关爱
支持你
——用一双双手来扶持

心底的希望重新燃起
从寒冷的冬夜
走进温煦的春阳
有我，有他，有大家
共同预防，守护健康

兰州大学第一医院　蒋珍秀

山水兼程再相逢

红手环啊红手环
戴在手上好鲜艳
胜似朝阳和彩虹
那是真情的流露
那是爱心的投影
是卒中患者的希望

是志愿者美好的心声

现实的确严酷
卒中患者与日俱增
医务工作者任重道远
竭尽全力，不辱使命
让每一位危重的患者
起死回生，看到光明

卒中患者保住了生命
而在这之后的各种并发症
让他们再入深渊
肢残，脑瘫，语言障碍
眼睁睁地不安

“偶尔能治愈，常常去帮助，总是在安慰”
特鲁多医师的这句名言
是每位医师的座右铭
由此不懈努力，奋斗终生
解除卒中患者的病痛
在机体最渴求温暖的苦寒严冬
带着爱雪中送炭
等待着柳暗花明

前期的治疗是为了稳定病情
后期的康复也是重中之重
及时、不断的康复训练

为残疾的躯体带来恢复的曙光

康复师们在辛勤劳作
他们不离不弃，妙手回春
搀扶着残疾的躯体与命运抗争
抵抗着严寒，面对着难关
他们的希望是——让患者
重返家庭，回归社会
奋力扬起人生新的风帆
驶向鲜花盛开的彼岸

让我们为不屈不挠与病魔抗争的医务工作者鼓掌
让我们为默默无闻的康复师们加油点赞
抗击卒中将是一场持久的战役
需要大家的共同参与和努力
携手并肩，不忘初心，砥砺前行
让一个个红手环紧紧相连
编织成一个巨大的卒中防控公益网
共同铸起一道抵御卒中的钢铁长城
齐心协力
迎接卒中防控事业更加美好的明天

这是心的呼唤
这是爱的奉献
只要人人都献出一点爱
世界将变成美好的人间

北京市昌平区回龙观社区卫生服务中心　温冀兴

梦想

灾难来临
城池碎裂
你说芳华已尽
垂泪或是沉默
蹒跚还是抖动
你说世界将你遗弃
叶子不再摇曳它的美好
阳光不再炫耀它的光芒
心中也结满了青苔
黄昏梦断
只剩苟延残喘
别怕
总有人愿在黑暗中奔跑
将那希望的火焰高举
将那坍塌的世界重建
那就是红手环的希望与梦想

辽宁省大连市普兰店区中心医院　宁　莲

爱心出动

伸出你的手
初次相识即是朋友

放飞和平鸽
蓝天大地是我的希望
我们是无声的春雨
我们是和煦的春风

来吧
走进红手环志愿者的行列
让爱心在阳光下闪耀
我们的付出不需要回报
充实的人生握在你我手中
哪里需要帮助哪里就有我们
红手环志愿者的肩膀架起爱心的长虹
爱心出动
爱心出动
让爱心插上翅膀
飞向南北西东

来吧
走进红手环志愿者的行列
让爱心在广袤大地洒下希望的种子
我们的奉献不需要赞美
高尚的情操就在你我心中
社会需要我们
时代呼唤我们
红手环志愿者的双手撑起博爱的天空
爱心出动
爱心出动
让爱心点燃火炬温暖春夏秋冬

爱心出动

爱心出动

让爱心点燃火炬

温暖春夏秋冬

河北省唐山市玉田县中医医院　代海峰

你我同行

那一抹鲜艳的中国红

回荡在每一个人心中

那默默相牵的一双双手

握住的，是时间前进的脚步

让辛中远离

让烦忧渐去

那激情澎湃的歌声

环绕在云端之上

天宽地阔，坚定执着

骄傲

我们是红手环志愿者

自豪

我们是红手环志愿者

脚步，踏遍社区

为老人送去安全

那温暖的心意

送至遥远的山里

我们顶风冒雨来看你
信任在你我之间传递
温情流淌在心底
融化了医患之间的坚冰
释放了久难散去的压力
健康生活并不困难
只要我们心手相依
一切都触手可及

也许，你忍受着身体的痛疾
为了家庭仍然拼尽全力
也许，你看似洒脱逍遥
其实疾病已经悄悄来袭
也许，你外表坚强如铁
看到卧床的亲人，内里却是百结愁肠
也许……
也许……
这生活
一切都将继续

生活需要坚强
更需要医者的拼搏
卒中，防控要前移
活动自如的肢体
没有阴霾的心理
两者不可缺一
才能说走就走

即使，疾病来袭超出预期
医者奔忙的途中
是生命与时间赛跑
抢的不是小时
而是分、秒以记
愿你看见
扶你站起

我们是——
中国卒中学会红手环志愿者
健康盛世已到来
Life is why
这是职责
也是坚守
是医患之间的信任
也是医者存在的意义

锦州医科大学附属第一医院　刘学文

“五环”之歌

责任
卒中猝死，是家庭最恨的悲剧
中华复兴，是人生最大的幸运
红色血液，是我们最美的传承

心手相牵，是世间最好的温暖
环环相扣，是健康最铁的保险

我们说，康中红手环这5个大字，就是我们生命奥运会中最闪亮的五环！

使命

我们热爱红手环，因为它代表着家庭的健康和未来
我们热爱红手环，因为它代表着民族的富强和希望
我们热爱红手环，因为它代表着时代的初心和担当
我们热爱红手环，因为它代表着华夏的文明和博爱
我们热爱红手环，因为它代表着医学的科技和进展

我们说，康中红手环这5个大字，就是我们生命奥运会中最珍贵的五环！

愿景

我们都有一个健康梦，让每个家庭都能够和谐与平安
我们都有一个复兴梦，让先辈们都看得见建国一百年
我们都有一个红色梦，让嘉兴红船永远停泊在出发点
我们都有一个东方梦，让中华文明滋润着世界新千年
我们都有一个科技梦，让人工智能康中机器人，尽快成为我们红手环的新队员

我们说，康中红手环这5个大字，就是我们生命奥运会中最永恒的五环！

上海康年生物科技有限公司红手环志愿者服务团

环环爱相连

近观《人间世》十篇，泪眼婆娑空呼叹。
现世掌上多明珠，如何伴亲享天年。
孰知病来如山倒，怎顾亲眷和里短？
红手环来面对面，环环相扣爱心献。
卒中害人七千万，四分之三留遗憾。
黄金急救四时半，万万不可再拖延。
预防关注中老年，控制三高记心间。
科普讲座齐宣传，体检筛查莫轻看。
坚定执着做志愿，守护健康红手环。
感谢同行这些年，强中华无私奉献。

中国卒中学会　李　雪

中国卒中学会红手
红手环志愿者服